花束

久谷　雉

思潮社

目次

装幀＝清岡秀哉

花束

久谷雉

秘密

今日
あなたの顔に
はじめてさはりました

あなたの眠つてゐる町から
鉄橋と峠を
いくつも越えてたどりつく
黄昏の祠で　わたくしはたしかに
あなたの顔にさはりました

窓のやうなものの
穴のやうなものもすべて消えて
一枚のかゞみとなつた
あなたの顔に
手の甲をあてゝゐました

幸福でした

採集

海への思いを
陸上で遂げるけものたち

あきらめに溢れた
その瞳のいろを
三角紙に採集する

智慧も翼もないものを
容易に飛ばすことのできる
人の心の
おぞましささえ

まぼろしの
波がしらに叩かれて
虹のかけらを散らしている

凪

ひとつこぼれたかと
おもうと
もうひとつ
こぼれるひびきがきこえた

凪のかたちが
いたみのかたちであることを
知らぬまま

あをぞらへこぼれてゆく
人びとを
わたくしはただ
眺めるだけ

人びとのあいだに
おじぎ草がふるえている
歯車のひかりも
ふるえている

末裔

あんずの木が揺れている

夕焼けの色に
葉裏をいっせいに
濡らされて

空気をかじる音をたてながら
こきざみに揺れている

言葉のかたちにかたまりかけても
あっという間に
重力の滝からはじかれて
はなればなれになってしまう

そんな
ほろにがいささやきが
わたくしのセーターのあちこちに
散らばっていて

それでもいつしか
くちずさんでいるんだ
崩れた袋になって

回っている
どの肉体も
あんずの木の末裔なのだ　と

品川行

さようなら、
どの色の歯ブラシをあてても
幽霊にはなれない
わたくしのちいさな近代よ
さようなら、
草原の上に投げ出された
なまあたたかい靴を抱いて
羽虫の慄きのような息をはく

少女たちよ
わたくしのパンはもう燃えない
燃えることを知らないまま
灰になる未来を約束されている
相談もなければ
いちどきに咲く花もない
遠回りなピクニック
春の品川へ　わたくしはただ流れてゆくよ
一滴の血も流さずに
まるごと流れるものになる姿勢で
もっと太ろう
からっぽの買い物袋に
頭をうずめて　透明な蛇に
巻かれてやろう

散れ　散れ
わたくしの足下の地名よ
黄色い粉をふりまきながら
散ってしまえ
夕方の駅で
からすのまばたきを見上げながら
棒杭のような
人々のたてる咳はうつくしい
だから、もう一度
流れてしまえ
春の品川　夏の品川
岸辺で崩れる泥団子から
二人称はこぼれない
草履も

雲も
流れてしまえ

朝焼け

葡萄棚をぬけると
二度目の朝焼けに照らされた
人類の手足が
ちらばっていた

くだけた鏡を
ひろいあつめるように
腰を曲げ

わたくしは後退する
一度目の朝焼けが
まだ吹きだまりになっている
竃のかたわらへ

証言するべきことなど
すでになかった
顔だけが
果実の下で濡れていた

夏の破れ

1 紫のくさり

大工たちのいる町でも
年老いた船のねむる町でも
夏のあけがたには
紫のくさりが降りてくる
誰にもみえない鎌をにぎって
誰にもみえない坂道を
のぼってくる人に

わたくしはひそかに挨拶をする
酸素と戯れているうちに
かんたんに荒れてしまう舌を
くさりのように鳴らして
わたくしもまた静かな夏になろうとする
夏のかたちをしたまま
ひとつの破れでありたいと願う
破れからほとばしる川を
わたくしの血ではなく
夏の血と呼ぶことをゆるす眼玉たちが
季節の裏側で
きびしく実ることに
わたくしは耐えよう
紫のくさりをじわじわと嚙みしめて

暑さのほとりに佇み
針のような灰になることを
わたくしは約束しよう

2 ラヂオデイズ 1945

忍びがたきを忍び、
　耐へがたきを耐へて……

卵形の夏は破れたね、
碧眼の驢馬たちのうしろで
豆の潰れるやうな音をたてゝ
　逝つたね……
苫屋の奥からあふれた水も

女の肩に残る紫の歯型も
退くばかりだよ
逆さに吊るされた花をつれて

耐へがたきを耐へ、
忍びがたきを忍びて……

消滅

郵便は揺れる……
(兄は濡れた箸をあやつって
草を渡る弟に伝言する)
紙と鍵をくみあわせて
穴のない器官を作る夜も
いつかは終わる……
天空から落ちてきた星たちが
地虫を焼く音が
心臓の襞からあふれて

苦しい……
弟よ
きみも知るべきだ
人間ではなく
地虫の戦場を……　きみも今すぐ
さまようべきだ
郵便に　あるときは足をまかせて……
またあるときは
郵便そのものをおさない指で……
たぐりよせて
大きな布を織りあげるように……
マッチ箱の広さの戦場を
ゆらゆらと揺れるきみがみえる……
ふくらんだ地虫の甲殻を積みあげて

形作られた
あやうい肉体が橋を燃やしつくすのを……
わたくしは天上から見つめている……
（そこで、兄は箸を折る）
（そこで、弟の背中は消滅する）
濡れた地虫は揺れる……
郵便の奥にひっそりと群れて
互いに風を噛んでいる
そうしているうちにいつのまにか……
水のある涅槃へ運ばれているのさ
濁った水だけが……
床の上で跳ねまわる
涅槃のへりへ
運ばれているものなのさ……

翼

これから死ぬ花を
つつもうとする
翼がある

花の死ではなく
花そのものをつつんで
壁の割れ目に
潜ろうとする

翼を見つめる旅人たちの指が
からっぽの中空を
かき鳴らす

段差のあるひびきを
つないでも
音楽にはならないことを
炭化した舌でうけとめて

旅人たちは指を揺らす
ない水を
かきまぜるように

花も死も突き破り
ひずみばかりが
降りしきる
天窓の下で

nymph

あなたのために尽くされる
言葉は
降るものでなければならない

天の一角の
砕けちる音とともに
あなたの髪に　乳房に　臍に　手足に
しめやかに降りそそぎ

あたらしい輪郭を作らねばならない

あなたの負ったけがれを
ひずみを
浄めてしまうことに
降りしきるものは抵抗する

抵抗するほかに
莢の形に眠るあなたを
愛する手だてはあるまい

蒼々と腫れたあなたの継ぎ目へ
歯を　唇をかさねて

痛点をあつめる罪の深さに
わたくしはおののく

おののきながら
涙腺の高さから泡立ちはじめる

あなたは莢の姿勢をまもったまま
おもむろに腕をのばして
わたくしの顔にふれようとする

わたくしの知らない
無数の顔にも
悦びをあたえようとうごめく
その、

十指のそよぎよ

石段

さるをがせのしたたる
石段を降りて
やさしいひとたちはみんな
ひのみやぐらの陰に
寝そべっていた
浴びるべきものをすべて
浴びて
貧乏なひとのように

わらって
みどりのまぶたを閉ざしたきりだった
ねえ、雲がかかったよ
空よりも先に
まよなかの海に雲がかかった
春をひさいだあとに
砂あそびをするひとたちの
湿った髪にも　雲がかかった
まるい　まるい
雲の環が

教育

花が咲かなくても
春だけはくる
鉛筆のへりを齧りながら
わたくしに語ったのは
誰だったろう

光のくぼみにもたれて
調律される楽器の

かたわらで

しろがねの髪かざりを
さらさらと鳴らして
わたくしの眼に
藍色の布を降ろしたのは
誰だったろう

めざめ

合歓の木の枝が
額にかかるのをはらうと
もうこれ以上
降りてゆくべき深みは消えてしまい
焚火のかけらが
おぼろな輪をなしている
ここから先の領域は
飴色に焼けた鎖骨へと着地する

結晶の群れを待つばかりだ
一度ひらかれた屋根が
ふたたび　きつく閉ざされ
青空は
線状の潤みとなって
隣人の膝をかすめてゆく

放蕩娘

はにかみのりりつく
おやゆび
ひとさしゆびでひねりあげて
うるおうよ
ふくらみに打たれて
あめあがりのみきに　しずむところから
うるうるとくびられる　りりつく
あけびのつるで　あまれた橋

かざかみにとろけて　においたつ
にぬりのふね　あわやかに　あわやかに
すそをさわつて　なみだ目になる
りりつく　ほうとう娘のくつに
えなめるをかけて　うしろむきで
おしりとひざをうかせてる
あおぐろい帽子
靴下
棒きれのような鳩たち　おはよう
鳩たちのはねから
はらはらこぼれおちる　すとらてら
おはよう

八月

花もけものも
まきぞえにして
青空が倒れる

澄みきった高さでしかないものが
おおきな音をたてて
倒れかかる

茶碗を伏せて
耐えるしかない

まっしろな日だまりにはためいている
ポロシャツのあいだを
ちいさな花火が群れになって
すりぬけてゆく
今日のような日は

かなしみではなく
はじらいでしかないもので
肺をふくらませ
耐えるしかない

日傘の群れ

川にふれる

岸辺もみずも
すべてがほろびて
まぶしさでしかなくなった湾曲へ
髪をあずける

それから　酸素のふくらみにも

鑿の刃をかさねて
刻んでゆく

流れのはじまりに実る
穀物のさざめきから
顔をそむける者の耳のかたちを

――あなたには最後まで愛と呼べるものも
　暮らしと呼べるものもなかったね

わたしの上衣のほつれを
まぶしさの底へたぐりよせて
ひとりきりの戦友が笑いかける

膝を　乳房をえぐった
砲弾のあとを
醱酵した藁束や
泥の車輪で補いながら

ほら、見なさい

むごいものを
むごいままにしておく力が
日傘の群れとなって
湾曲の果てにせりあがってくる——

袖

かなしみにも
袖がついていればいい

ももいろの膜を
うっすらとかぶせた
あさやけの空の下

だれも腕をとおす人のいない

袖がふたつ
ゆれているのをみあげる

けさ　どの市場へ行こうとも
わたくしのいるところは
ここ　としか呼ばれまい

だからこそ
かなしみにも
袖がついていればいい

掬う

緑の蟬が落ちる

惑星のへりに立つ人の
口をゆすいだ水に混じって
なまあたたかい蟬が落ちてくる

お帰りなさい

鮫の顔を持つ天使たちの羽ばたきが
蓄音機から聴こえる朝

髪と指と歯を火にかけて
繕った
ちいさな巣に

お帰りなさい　と
ささやいて

輪になった闇を掬いあげる

蜉蝣

一粒の葡萄が
喉ぼとけを塞ぐ小石となって
一人の肉体を滅ぼしてゆく

その過程にはたらいた
透明なはからいを
長い火箸でたぐりよせて
見下ろすことのできる者が

未明の行列にまぎれて
顔を伏せている

喪服を羽織った
蜉蝣のような
みずからの歩みに耐えながら――

婚約

まるい橋を
渡りきったところで
雨が降りだした
しろい布がたなびく峠から
とおく離れても
雲は肩のあたりを漂っている
くしゃみのしかたひとつで
暮らしを縫いあわせてきたひとびとの

稜線を
もうすこし　わたくしは支えていたい
前髪を動かす息から
全身をすぼめて
自転車にまたがる
停止のなかでまなざせるのは
青い看板ばかりだという幸福に
はんかちを噛みしめて
のばす　たたむ　あしらう
ひかる　ふるえる
そしてもう一度　かたむく
そのくりかえしの奥に
さびしさを消す旗が垂れている
ぺだるも　ぺだるを踏む足も

さびしさといっしょに
消してしまう力を
いいなづけにして
からっぽの蕎麦屋にころがりこむ
いたちの骨のようにねじれた
自転車ごと

被災

わたしたちは
つがいになるよりも先に
天使のなきがらについて
話をしなければならない

たがいの髪に
花をかざるつもりで
いつのまにか　握らされている

ねじれた輪について

話をしなければならない

あじさいの花房を
あさげの器にそえる
わずかな時間に

すべての
すべての話をしなければ――

祝福

海鳴りに耳をひらいている
羊たちのうしろすがたは
ちいさくはないのに
とおいものの眩さにまみれています

そしてそのへだたりが
今日
わたしに許された祝福なのです

わたしたちではなく
わたしという単位にだけ許された
にがい花火のしずくなのです

海は
海であることによって
閉じています

それを　きずなと呼んだとき
あなたは
あなたの愛するひとたちは
どんなまばたきを始めるのでしょうか

鶴

火になめられた畳のうへで
昏い肉が双つ
つるみあつてゐる

屋根も　壁も　硝子戸も
早朝の空襲にふきとばされて
くろずんだ骨組みばかりになつた
仏間を揺らし

いつしんに双つ
しめつけあつてゐる

あゝ、
鶴のけはひがする

うるほへば　うるほふほど
胡桃のやうに硬くなる
しづかなまなこを嵌めて

ゆみなりの頸が
双つの肉の未来へ
ふれやうとしてゐる

冬

一輪車に
布をかぶせたまゝ
冬をむかへた

湿つた材木を
くゞりぬけたさきに
ちらされた島々を渡つて
年老いた

従姉妹たちは
郵便受けを
修繕しにくるといふ

牛乳びんを
かばんの奥で鳴らして
港の軒先を
あかるくしてゆくやうな
従姉妹たちだと
いふ

ほどこし

呼ばれるようにして
顔をあげる

にせあかしあの花房を透かした
日輪のゆがみが
まなぶたのうしろを
うるおしてゆく

（ふれることが、すでに
ほどこしであったなら）

朝焼けをかきまぜた
女の手は
何も掬いあげてはいなかった
からっぽの手は
宿屋の軒を
陰膳のかたわらを　勾玉のすだれを
とおりすぎる
そのあとに降りてくる
ほろにがい塵に
虫たちの舌は浄められて

（それが、一生のあいだに許される
幸福の総量であったなら）

蜜のようにくずれて
眼を　息を
ふさぎにかかる
雲の峰に

どれだけの時間を預けていられよう

童謡

うつわが割れます

うつわは雨にたたかれていますが
うつわが割れたのは
雨の力ではありません

赤い家鴨の力です
雨の力をかりることを拒んで

櫛をくわえて
ほろびていった

ながしめの家鴨の
両翼をなでおろす
冷気のような力なのです

ああこんどは
ふさふさしたものが
割れています

巣穴の縁で
羽根をもつ虫たちに
かつがれながら

ふさふさしたものが煙をあげて
割れています

おとうとよ
これも真赤な家鴨の力なのですか
背中の稜線をかすませて
桃の花のようにくずれる
むきだしのおとうとよ

あなたも
家鴨の力だったのですか

あおむけ

うるしの盆に載せた
水菓子
甘いものと
うかつなものが
うずまき川になって
わたしたちのくぼみに
ふちどりをほどこす、
夕焼けのバスの窓から

首と手をのばして
もういちど　性交しようよ
雲に焼かれて
それきりだった目が
わたしたちのすみか、
あおい羽根で肉体をかざり
あおい羽根を喉につめて
やせてゆく
それきり、
それきりの指
まわる風
とうめいな角をゆさぶり
障子紙を
なめて生きる、

ふつつかな細工をしかけて
もういちど
白無垢の村へ
わたしからわたしに
わかれられぬまま
ただ　のびる
のびたまま乾く
あおむけの　ひぐらしと一緒に

芹の葉

おとといまで
芹の束を握りしめていた手が
風を握りしめている
現在を

なぜ君はおそれないのか

聴く姿勢が

ほろびのはじまりであることを
やさしい目で受けいれる
鳥たちのかげを繋いだ糸に
なぜ君の鎖骨は
飾られることがないのか

君よ

ふたまたに　みつまたに
ただ、わかれを
くりかえす
空気の脈の織物としての
風であれ

そう祈ることを
君は君自身に許してしまえ

潰れた
芹の葉の匂いが
すべての指に残っているかぎり

山桜

あなたがふれるまでは
わたくしだった膜を
あなたのゆびが
すくいあげて
そのままくちびるへ
かさねてしまう

むすばれたくちびるの上で

ゆがんだしずくに戻って
わたくしのあごから
したたるそれを
あなたは閉ざしたまなぶたを寄せて
ゆずりうけようとする

めじりにさした紅が
したたりに溶けおちて
こめかみにおよぶのをおそれつつ
あなたのあまやかな顔は
わたくしのあばらに降りてくる

すくいあげたもののおもみに
あなたの息もからだも

いつしか刻まれていて
そのしらべに
みちびかれるようにして
またたく山桜がある

あしたのからだ

大きな花束をかかえて
わたしは数える

夕べのあかりを装われた
花々の奥から
しべに巻きつく姿勢のまま
せりあがってくる魂たちを

わたしは数えて
つなぎとめようとする
急行電車の手すりに
ゆがんだ肩をあずけながら
つなぎとめることの苦しみも

いつしか
この場所の速度から
はぐれて

古い柱のかたちに熟れるだろう

傷むことに
垂直を支えられている柱と

わたしとのあいだに立ちあがる
さざなみの群れが

明日の
わたしのからだになる

海を巻いて

海を知らぬ少女の前に麦藁帽のわれは両手をひろげていたり　寺山修司

わたしが生まれた家は
長い坂道をのぼった先にあった
縁側から垣根のほうを向いて
背伸びをすると
遠くにきらきらと
銀色のりぼんがうねっていた
あれが海だよ
そう囁いたのは

おかあさんだったか
おばあさんだったか
まぶしいりぼんを
手首に巻きつけたまま
わたしは何度も
引越しをした
家をかわるたびに
犬や金魚が死んだり
かなへびの卵がかえったりした
わたしのりぼんに目をつけて
きみは海を知らないね
ほんとうの海を知らないね
と　とくいげに両腕をひろげてみせる
子どもたちがどの学校にもいた

自分の知っている海を
すべての海だと信じ切るたくましさに
ささげる笑顔のつくりかたを
わたしはまだ
よく知らなかった　そして
知らないままで
大人になってもいいことを
知っていた

白球

奇蹟を起こせなかったきみは
さびしい顔をしたまま
キッチンの闇に裸体をゆだねた
白球が落ちてきて
バケツの底を打ち鳴らす　それだけの
響きで
戦争のすべてを語れてしまいそうなくらい
よく晴れた日のことだった

久谷　雉

『昼も夜も』ミッドナイト・プレス、二〇〇四年　第九回中原中也賞
『ふたつの祝婚歌のあいだに書いた二十四の詩』思潮社、二〇〇七年
『影法師』ミッドナイト・プレス、二〇一五年

花束《はなたば》

著者　久谷《くたに》雉《きじ》

発行者　小田啓之

発行所　株式会社思潮社

一六二－〇八四二　東京都新宿区市谷砂土原町三－十五

電話　〇三－五八〇五－七五〇一（営業）

　　　〇三－三二六七－八一四一（編集）

印刷・製本　藤原印刷株式会社

発行日　二〇二四年七月三十一日